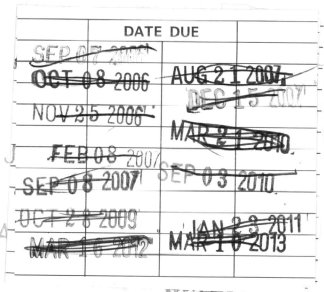

どろんこハリー

どろんこハリー

ジーン・ジオン ぶん

マーガレット・ブロイ・グレアム え

わたなべ　しげお やく

福 音 館 書 店 発 行

HARRY THE DIRTY DOG

Text Copyrighted 1956 by Eugene Zion
Pictures Copyrighted 1956 by Margaret Bloy Graham
Original English language edition
Published by Harper & Brothers
Published in Japan by Fukuinkan-Shoten, Inc.
by arrangements with the Harper & Row

Printed in Japan

ハリーは、くろいぶちのある　しろいいぬです。

なんでも　すきだけど、おふろにはいることだけは、

だいきらいでした。

あるひ、おふろに　おゆをいれるおとが

きこえてくると、

ブラシをくわえて　にげだして……

うらにわに　うめました。

それから、そとへ　ぬけだしました。

どうろこうじを　しているところで　あそんで、

どろだらけになりました。

てつどうせんろの　はしのうえで　あそんで、

すすだらけになりました。

それから　ほかのいぬたちと　おにごっこをして、

もっともっと　よごれました。

おつぎは、せきたんとらっくの　すべりだい。

ハリーは、まっくろけになりました。

あんまり　よごれてしまったので、

ほんとは　くろいぶちのある　しろいいぬなのに、
しろいぶちのある　くろいいぬになってしまいました。

もっといっぱい　あそびたかったけど、
うちのひとたちに、ほんとに
いえでをしたとおもわれたら　たいへんです。

すっかり　くたびれてしまったし、おなかも
ぺこぺこになったので、ハリーは　よりみちをしないで、
はしって　うちへ　かえりました。

うちにつくと、かきねから　もぐりこんで、
じっとすわって　うらぐちを　みていました。

うちのなかから　だれかがのぞいて　いいました。
「うらにわに　へんないぬが　いるよ。そういえば
うちのハリーは、いったい　どこへ　いったのかしら？」

ハリーは　いっしょうけんめい、

「ぼくが　ハリーなんだよ」と　おしえようとしました。

しっているげいとうを　みんな　やってみせました。

ぴょんと　さかだち

すっとんと　ちゅうがえり
ころりところげて　しんだまね。

ダンスやうたも　やりました。

ハリーが、こんなげいとうを　なんどもなんども
やってみせたのに、みんなは　くびをふって　いいました。
「なんだか　ハリーみたいだけど、これは　ハリーじゃないよ」

ハリーは、がっかりして、もんのほうへ
とぼとぼ　あるいていきました。
でも、きゅうに　たちどまると

にわのすみへ　はしっていって、いっしょうけんめい
あなを　ほりはじめました。
そして、すぐに　うれしそうに　わんわん　ほえながら、
あなから　ぴょんと　とびだしました。

ブラシが　みつかったのです！
ブラシをくわえて　うちへ　かけこむと、

にかいへむかって　いちもくさん。

うちのひとたちは、

すぐ　そのあとを　おいかけました。

ハリーは　おふろに　とびこみ、ブラシを　くわえたまま、
あらってくださいと　ちんちんしました。
ハリーが　こんなげいとうをしたのは　はじめてです。

「このわんちゃん　おふろに　はいりたがっているのよ！」
と　おんなのこが　いいました。
「じゃあ　ぼうやとふたりで　このわんちゃんを
あらっておあげよ」　と　おとうさんが　いいました。

ハリーは、こんなに　せっけんだらけに　なったのは
はじめてです。まるで　まほうみたいに　よごれが　おちます。
こどもたちは　ブラシで　こすると、びっくりしました。
「ママ！　パパ！　みてよ　みてよ！　はやくきてよ！」

「ハリーだ！　ハリーだ！　やっぱりハリーだ！」みんな　こえを
そろえて　いいました。ハリーは、しっぽを　ぶるん　ぶるん
ふりました。とっても　とっても　うれしかったのです。みんなで
やさしく　ブラシをかけ、くしでとかしてくれました。ハリーは、
もとのように、くろいぶちのある　しろいいぬになりました。

じぶんのうちって　なんて　いいんでしょう。

ほんとに　すてきな　きもちです。ばんごはんが　すむと、

ハリーは、おきにいりのばしょで　ぐっすり　ねむりました。

そして、どろんこになって　とっても　たのしかったゆめを

みました。あまりぐっすり　ねてしまったので、

ふとんのしたにかくした　かたいブラシも、

ちっとも　きになりませんでした。

NDC 933　32p　31×22cm　ISBN4-8340-0020-6

ⓒ1964年３月15日発行／発行所　福音館書店　113 東京都文京区本駒込６－６－３／印刷　康陽印刷／製本　多田製本
1990年11月10日　第69刷　電話　営業部 03(942)1226／編集部 03(942)2081
●乱丁・落丁本は、ご面倒ですが小社宛ご送付ください。送料小社負担にてお取り替えいたします。